Texte et illustrations de
Julie Rémillard-Bélanger

Pour Samuel

LES AVENTURES DU CHEVALIER ERRANT

LAS AVENTURAS DEL CABALLERO ANDANTE

Traduction en espagnol de Judith Rémillard-Bélanger

Les éditions  du soleil de minuit

D1224317

Il y a de cela bien longtemps, un humble seigneur vivait dans un petit village de la Manche, en Espagne. Il n'avait pour famille qu'une nièce, une servante et un cultivateur qui s'appelait Sancho Panza. Comme le maître avait du temps libre, il passait ses journées à lire des aventures de chevaliers errants. Dès qu'il terminait une histoire, il courait aussitôt chez le libraire du village afin d'en acheter une autre. Il lisait tellement que bientôt chaque pièce de sa maison fut encombrée de bouquins.

Hace mucho, mucho tiempo, en un pueblito de la Mancha, en España, vivía un humilde hidalgo. Por familia sólo tenía una sobrina, una criada y un labrador que se llamaba Sancho Panza. El amo, que tenía mucho tiempo libre, se pasaba todos los días leyendo en sus libros las aventuras de caballeros andantes. Tan pronto como terminaba una historia, acudía al librero del pueblo para comprar otra. Leía tanto que pronto cada cuarto de su casa estuvo atestado de libros.

La pauvre servante se plaignait sans cesse de ne plus pouvoir faire le ménage pendant que la nièce, allergique à la poussière, passait ses journées à éternuer. Le mécontentement gagna même le cultivateur quand le maître vendit plusieurs acres de terre arable. Il voulait de l'argent pour continuer à se procurer des livres. Cependant, un jour, le libraire lui annonça tristement qu'il avait vraiment acheté tous les livres du genre.

La pobre criada se quejaba sin parar de que ya no le era posible hacer la limpieza, mientras la sobrina, que era alérgica al polvo, se pasaba todos los días estornudando. El descontento llegó incluso hasta el labrador cuando el amo vendió muchos acres de tierra arable en su afán de seguir comprando libros. Sin embargo, un día el librero le anunció con tristeza al amo que él ya había comprado todos los libros de este género.

C'est alors que le seigneur décida de partir à l'aventure et de vivre comme les héros de ses livres préférés. Il choisit même un nouveau nom, plus digne de ses nouvelles fonctions. Désormais, il s'appellerait Don Quichotte, le chevalier errant. Sancho, n'ayant plus beaucoup de travail, décida d'accompagner son maître. Il devint ainsi son écuyer. Envers et contre tous, brûlant de passion pour son nouveau métier, Don Quichotte partit à l'aventure.

Entonces, el hidalgo decidió lanzarse a la aventura para vivir como los héroes de sus libros favoritos. Llegó a ser tal su deseo, que incluso se puso un nuevo nombre más digno de sus nuevas tareas. A partir de entonces él se llamaría don Quijote, el caballero andante. Sancho, que ya no tenía mucho trabajo, decidió acompañar a su amo y se hizo su escudero. A pesar de todos los pesares, don Quijote se fue a la aventura sintiendo una gran pasión por su nuevo oficio.

– Maître, ça fait déjà quelques jours que nous voyageons. L'aventure n'arrive toujours pas ! Nous pouvons maintenant rentrer à la maison, dit Sancho, qui voulait manger un bon repas chaud.

– Surtout pas ! s'exclama Don Quichotte. Les grands chevaliers errants sont patients. Nous vaincrons l'injustice et la fraude. Tout le monde connaîtra Don Quichotte, le chevalier bienfaisant.

Ils poursuivaient leur chemin lorsque Don Quichotte aperçut un magnifique château.

–Señor, ya hace unos días que viajamos, ¡y todavía no nos sucede nada! Ya podemos regresar a casa –dijo Sancho, que quería comer un buen plato caliente.

–¡En absoluto! –exclamó don Quijote–. Los grandes caballeros andantes son pacientes. Venceremos la injusticia y el engaño. Todo el mundo conocerá a don Quijote, el caballero bienhechor.

Ya estaban de camino cuando don Quijote vio un espléndido castillo.

Sans tarder, ils s'y rendirent. En entrant, Don Quichotte tomba à genoux devant le roi et la reine et dit :

– Vos Noblesses offriraient-elles à un vertueux chevalier et à son écuyer une chambre pour la nuit et un bon repas chaud ?

– Bien sûr, nous aurons même un festin en votre honneur, bon chevalier, afin que tous connaissent et admirent votre courage, répondit le roi.

Sin esperar, se dirigieron hacia el castillo. Al entrar, don Quijote cayó de rodillas delante de los reyes y dijo:

–¿Quisieran sus majestades ofrecer una habitación para pasar la noche y una buena comida caliente a un noble caballero y a su escudero?

–Por supuesto, e incluso les ofreceremos un banquete en su honor, buen caballero, para que todos reconozcan y admiren su valor –contestó el rey.

– Relevez-vous, maître ! protesta Sancho. Nous sommes dans une auberge, pas dans un château !

Mais Don Quichotte ne voulait rien entendre et l'aubergiste était avare et rusé. Il avait bien envie de se moquer d'eux. En guise de festin, il ne leur servit que du pain moisi et un petit bol de soupe sans goût. Quand il se rendit compte que les voyageurs n'avaient presque pas d'argent, il les envoya dormir dans l'étable avec les chevaux. Grelottant de froid, affamé et fatigué, Sancho ne voulait plus que rentrer à la maison.

– Sancho, dit Don Quichotte, les grands chevaliers ne se plaignent jamais.

–Señor, ¡póngase de pie! –replicó Sancho–. ¡Que no estamos en un castillo, sino en una posada!

Sin embargo, don Quijote ni siquiera le hizo caso a Sancho. Al posadero, que era astuto y tacaño, le entraron unas ganas enormes de burlarse de ellos. A manera de banquete, sólo les sirvió pan mohoso y un triste plato de sopa sin sabor. Cuando se dio cuenta de que los viajeros casi no tenían dinero, les mandó dormir en el establo con los caballos. Sancho, que estaba tiritando de frío, hambriento y cansado, sólo pensaba en regresar a su casa.

–Sancho –dijo don Quijote–, los grandes caballeros andantes nunca se quejan.

Le lendemain matin, aussi fatigués que la veille, ils reprirent la route. Ils ne s'arrêtèrent qu'à la tombée du jour. Ils décidèrent de s'installer pour la nuit dans une plaine, en bordure de la route. Sancho alluma un feu.

– Maître, n'avez-vous donc pas faim ? Je meurs d'envie de manger un bon fromage de brebis, comme ceux que nous retrouvons dans notre village ! Et votre nièce, croyez-vous qu'elle pourrait nous préparer sa fameuse soupe à l'ail et son pain maison ? demanda l'écuyer.

– Sancho ! dit Don Quichotte. Les grands chevaliers errants n'ont pas besoin de manger !

– Moi, l'aventure me donne faim, grommela Sancho.

A la mañana siguiente, a pesar de estar tan cansados como la noche anterior, se pusieron de nuevo en camino y se detuvieron sólo al atardecer. Por la noche decidieron acampar en una llanura a la orilla del camino. Sancho encendió el fuego.

–Señor, ¿no tiene usted hambre? ¡Me muero por uno de esos quesitos de oveja que solemos encontrar en nuestro pueblo! Y su sobrina, a lo mejor nos podría preparar su famosa sopa de ajo con pan casero, ¿qué le parece? –preguntó el escudero.

–¡Sancho! –exclamó don Quijote–. ¡A los grandes caballeros andantes no les hace falta comer!

–Pues a mí, las aventuras me dan hambre –refunfuñó Sancho.

Un matin, Don Quichotte remarqua au loin des formes étranges et menaçantes.

– Des monstres géants ! s'écria-t-il. À moi l'honneur ! Regarde, Sancho ! dit-il en le réveillant. Tous ces monstres à mettre au défi ! Il y en a au moins une trentaine !

– Maître, attendez ! s'écria Sancho.

Mais, à peine avait-il dit ces mots que le chevalier hardi s'élançait déjà vers les monstres de la plaine.

Una mañana, don Quijote vio a lo lejos unas siluetas extrañas y amenezadoras.

–¡Monstruos gigantescos! gritó don Quijote. ¡Mía es la gloria! ¡Mira, Sancho! –le dijo al escudero despertándolo–. ¡Todos aquellos monstruos que desafiaremos! ¡Hay por lo menos una treintena!

–Señor, ¡espere! –gritó Sancho.

Apenas hubo Sancho dicho estas palabras cuando el intrépido caballero ya se había lanzado hacia los monstruos de la llanura.

Au moment où il s'approchait de l'un d'eux, il sentit le monstre souffler sur son armure. Le bras du géant frappa de plein fouet Don Quichotte, qui roula par terre, meurtri par le terrible coup. Sancho arriva en courant et en haletant.

– Ne vous avais-je point demandé d'attendre ? Comme vous voyez, ce ne sont pas des monstres.

– Sancho, je suis victime d'un enchantement. Ça arrive au moins une fois à tous les chevaliers.

En cuanto don Quijote se acercó a uno de ellos, sintió el soplo del monstruo en su armadura. El gigante le asestó a don Quijote un golpe tan fuerte con su brazo que el caballero dio en el suelo, lastimado por el terrible porrazo. Sancho llegó corriendo y jadeante.

–¿No le había dicho a usted que esperara? Usted ya lo ve que no son monstruos.

–Sancho, soy víctima de un encantamiento. Eso les pasa a todos los caballeros andantes por lo menos una vez.

Heureusement que le fermier passait par là avec sa charrette. Ensemble, ils retournèrent au village de Don Quichotte.

– Maître, ne regrettez-vous pas d'être parti de chez nous ? demanda Sancho.

– Sancho, les grands chevaliers errants aiment l'aventure. Ils ne pensent jamais au passé. Seul l'avenir les intéresse.

Mais quelle ne fut pas leur surprise de constater qu'un énorme feu s'élevait en plein cœur du village ! Voulant sauver leur ami de sa folie, les habitants s'étaient réunis pour détruire tous les livres. Même la librairie avait dû fermer ses portes.

Afortunadamente, el granjero del pueblo pasó por allí en su carreta y regresaron juntos a casa de don Quijote.

–Señor, ¿no lamenta usted el haberse ido del pueblo? –le preguntó Sancho.

–Sancho, a los grandes caballeros andantes les gustan las aventuras. Nunca piensan en el pasado. Sólo les interesa el porvenir.

Pero, ¡cuál no sería su sorpresa al ver que un enorme fuego se alzaba en pleno corazón del pueblo! Habiendo querido salvar a don Quijote de su locura, los pueblerinos se habían reunido para deshacerse de todos los libros del lugar. Incluso la librería tuvo que cerrar sus puertas.

Or, Don Quichotte devint malheureux. C'est alors qu'il eut une idée. Pour amuser les enfants, il se mit à raconter ses histoires. Il en inventa même beaucoup d'autres, au grand bonheur de tous les jeunes du village. Bientôt, il repartit à l'aventure avec son fidèle écuyer, qui ne pouvait se résigner à le laisser partir seul.

Et voilà comment Don Quichotte devint le chevalier errant le plus célèbre de tous les temps.

Entonces, don Quijote se puso triste. Sin embargo, se le ocurrió una idea. Para divertir a los niños, empezó a contarles sus aventuras. Inventó también muchas historias más, con las cuales los niños quedaron encantadísimos. Pronto, volvió a salir a la aventura con su fiel escudero, que no se resignaba a verlo irse sin él.

Así, don Quijote llegó a ser el caballero andante más famoso jamás visto.

Les éditions du soleil de minuit
3560, chemin du Beau-Site
Saint-Damien-de-Brandon (Québec) J0K 2E0 CANADA
www.editions-soleildeminuit.com

Montage infographique : Atelier LézArt graphique
Révision linguistique : Marie-Andrée Clermont

Dépôt légal, 3e trimestre 2003
Bibliothèque nationale du Québec et Bibliothèque nationale du Canada
Copyright © 2003 Julie Rémillard-Bélanger (texte et illustrations), Judith Rémillard-Bélanger (traduction en espagnol)

Les éditions du soleil de minuit remercient

Le Conseil des Arts du Canada
The Canada Council for the Arts

et la

Société
de développement
des entreprises
culturelles
Québec

de l'aide accordée à leur programme de publication.

Les éditions du soleil de minuit bénéficient également du Programme de crédit d'impôt pour l'édition de livres - Gestion SODEC - du gouvernement du Québec.

Catalogage avant publication de la Bibliothèque nationale du Canada
Bélanger, Julie R. (Julie Rémillard), 1972-
[Aventures du chevalier errant. Espagnol & français]
Les aventures du chevalier errant = Las aventuras del caballero andante
(Album illustré)
Pour enfants de 3 ans et plus.
Texte en français et traduction en espagnol.
ISBN 2-922691-23-3
I. Rémillard-Bélanger, Judith, 1972- . II. Titre. III. Titre: Aventures du chevalier errant. Espagnol & français. IV. Titre: Aventuras del caballero andante.
PS8553.E434A93 2003   jC843'.6   C2003-941363-2
PS9553.E434A93 2003

ALBUM ILLUSTRÉ

es aventures du chevalier errant / Las aventuras del caballero andante

Texte et illustrations : Julie Rémillard-Bélanger
Traduction en espagnol : Judith Rémillard-Bélanger

Les éditions du soleil de minuit